Puedes consultar nuestro catálogo en www.picarona.net

EL DRAGÓN BUENO Y EL DRAGÓN MALO
Texto: *Christine Nöstlinger*
Ilustraciones: *Jens Rassmus*

1.ª edición: marzo de 2017

Título original: *Guter drache & böser drache*

Traducción: *Íñigo Cebollada Martí*
Maquetación: *Isabel Estrada*
Corrección: *M.ª Ángeles Olivera*

© 2012, Residenz Verlag im Niederösterreichischen Pressehaus Druck-und Verlags GmbH
St. Pölten, Salzburgo, Austria
Libro publicado a través de Ute Körner Lit. Ag., España.
www.uklitag.com
(Reservados todos los derechos)

© 2017, Ediciones Obelisco, S. L.
www.edicionesobelisco.com
(Reservados los derechos para la lengua española)

Edita: Picarona, sello infantil de Ediciones Obelisco, S. L.
Collita, 23-25. Pol. Ind. Molí de la Bastida
08191 Rubí - Barcelona - España
Tel. 93 309 85 25 - Fax 93 309 85 23
E-mail: picarona@picarona.net

ISBN: 978-84-9145-041-2
Depósito Legal: B-2.993-2017

Printed in Spain

Impreso en España por ANMAN, Gràfiques del Vallès, S. L.
C/ Llobateres, 16-18, Tallers 7 - Nau 10. Polígon Industrial Santiga.
08210 - Barberà del Vallès (Barcelona)

El Dragón Bueno
Y el Dragón Malo

Florian tiene dos dragones: Dragón Bueno y Dragón Malo.

Dragón Malo sabe lanzar unas llamas imponentes por su nariz.

Dragón Bueno sabe hacer pompas de jabón con su nariz.

Ambos viven en el parque, en el arbusto situado detrás
de la estatua de piedra.

Cada mañana, antes de ir a la escuela, Florian pasa por el parque para darles de comer.

Le ofrece una pequeña pastilla de jabón a Dragón Bueno para que pueda hacer sus pompas y un trocito de carbón a Dragón Malo para que avive sus llamas.

Tanto el jabón como el carbón son invisibles, lo mismo que los dragones. Bien, para Florian no, ya que sólo él puede verlos.

Por la tarde los dragones van a visitar a Florian.
Para ello, tienen que encogerse y hacerse pequeños;
de lo contrario, no podrían entrar en su casa.
No es muy agradable para ellos, pero quieren
mucho a Florian y no dudan en sacrificarse por él.

Dragón Malo en realidad no es un dragón malo. Sólo es malo cuando debe defender a Florian, por ejemplo, de Lea, una niña que siempre que se enfada, araña, pellizca, escupe y muerde. Antes, Florian no hacía más que evitarla, pero ahora que tiene a Dragón Malo, cada vez que Lea quiere molestarlo, Dragón Malo comienza a lanzar llamas. Y es así como consigue mantener a Lea a raya.

Dragón Bueno también ayuda a Florian, como cuando quiere ser amigo de Max y no sabe cómo decírselo. Dragón Bueno lanza miles de pompas de colores alrededor de Max y éste dice: «¡Cómo mola! ¿Quieres que seamos amigos?».

A veces, los dragones enferman cuando están en casa
de Florian. Tal vez se deba a que se encogen demasiado
rápido. Y Florian no tiene más remedio que permanecer
en casa para cuidarlos, y no puede ir a vacunarse,
a cortarse el pelo, o a casa de la amiga de mamá,
aquella que tiene dos perros feroces.

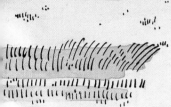

Una vez, Florian les dijo a los dragones:

—Mañana nos vamos a la playa.

—¡Buen viaje! –contestaron los dragones.

—¡Pero si vosotros venís conmigo! Os puedo meter en la maleta –dijo Florian.

—¡De eso nada! Yo no viajo en maleta –respondió Dragón Bueno.

—El mar es para los peces y el marisco, no para los dragones. ¿No ves que nos podemos ahogar? –intervino Dragón Malo.

—Además, estamos enfermos –aclaró Dragón Bueno.

—Sí, tenemos la escarlatina –añadió Dragón Malo.

De repente, empezaron a aparecer muchos lunares rojos en la piel de los dragones. Los pobres estaban tan débiles que de sus narices salían llamas muy débiles y pompas de jabón diminutas.

Florian corrió a casa y le dijo a su mamá que no podía ir a la playa. Debía quedarse al cuidado de los dragones. Pero su mamá estaba haciendo las maletas y no le prestaba mucha atención.

Hasta cien veces se lo repitió, pero su mamá parecía sorda como una tapia. Así que Florian esperó a que ella se fuera a la cama, cogió una almohada y una manta, trepó a través de la ventana y se dirigió al parque.

Florian encontró el camino con facilidad,
puesto que la luna llena iluminaba la noche.

—¡Por fin! –exclamaron los dragones.

Y una vez se acurrucó entre ellos y hubo extendido
la manta, los tres se quedaron dormidos.

Cada mañana, un hombre mayor paseaba por el parque y recogía las malas hierbas. Fue él quien encontró a Florian, lo cargó en su carretilla y lo llevó de vuelta a casa. Los dragones fueron tras él. Los lunares rojos de la escarlatina casi desaparecieron por completo en ese mismo instante. A los dragones, sanar les resulta muy fácil y rápido.

La mamá de Florian se acababa de despertar cuando
vio a través de la ventana de la cocina cómo un hombre
mayor transportaba a su hijo en una carretilla. ¡Pero si ni
se había dado cuenta de que Florian no había dormido
en casa! Fue tal el susto que se le cayó la cafetera
al suelo.

Sólo entonces su mamá le escuchó atentamente y Florian le explicó todo lo que había ocurrido.

—Los dragones no tienen que meterse en la maleta. Los podemos llevar sobre la baca del automóvil. Así tendrán espacio y aire fresco durante el viaje.

—Podemos probarlo –afirmó Dragón Bueno.

—Eso no cambia nada –interrumpió Dragón Malo–. ¿No ves que nos podemos ahogar en el mar?

—Les compraremos manguitos para las patas. ¿Cuántas patas tienen? –preguntó la madre de Florian.

—¡Cuatro cada uno! ¿Cuántas van a tener? –intervino Florian.

—Entonces, compraremos ocho manguitos –afirmó su madre.

—¿Pero dónde vas a comprar unos manguitos invisibles para dragones invisibles?

En Internet hay de todo. Además, lo enviarán muy rápido –contestó su madre.

Y así fue como lo hicieron: aunque con un poco de retraso, finalmente llegaron por correo los manguitos invisibles para dragones invisibles.

A la mañana siguiente salieron de viaje a la playa: Florian iba en la parte trasera, su madre al volante y los dragones sobre la baca del vehículo. La mamá de Florian adelantaba a todos y cada uno de los automóviles de la autopista. Incluso adelantó a un Porsche y a un Ferrari. Pero lo cierto es que los dragones intervinieron con sus llamas y sus burbujas.

¡Y qué bien se lo pasaban los dragones flotando en el mar con sus manguitos! ¡Ni siquiera querían salir del agua! Cuando acabaron las vacaciones, Florian no lo tuvo fácil para convencerles de que debían regresar a casa.

Durante el viaje de vuelta, los dragones decidieron sentarse junto a Florian dentro del automóvil. Claro que para eso tuvieron que encogerse. El caso es que hubo una tormenta muy fuerte con rayos y truenos, y los dragones odian las tormentas.

—¡Menos mal que nos animamos al final a ir a la playa! –dijo Dragón Bueno a Dragón Malo.

—Nos hubiésemos perdido unos días estupendos llenos de diversión –le contestó Dragón Malo–. Debemos confiar un poco más.

—¡Porque sólo los tres juntos podemos conseguir todo aquello que nos propongamos! –intervino Florian.